LA VOIE DU TABLIER

おおのこうすけ
KOUSUKE OONO

1

BIG Kana

SOMMAIRE

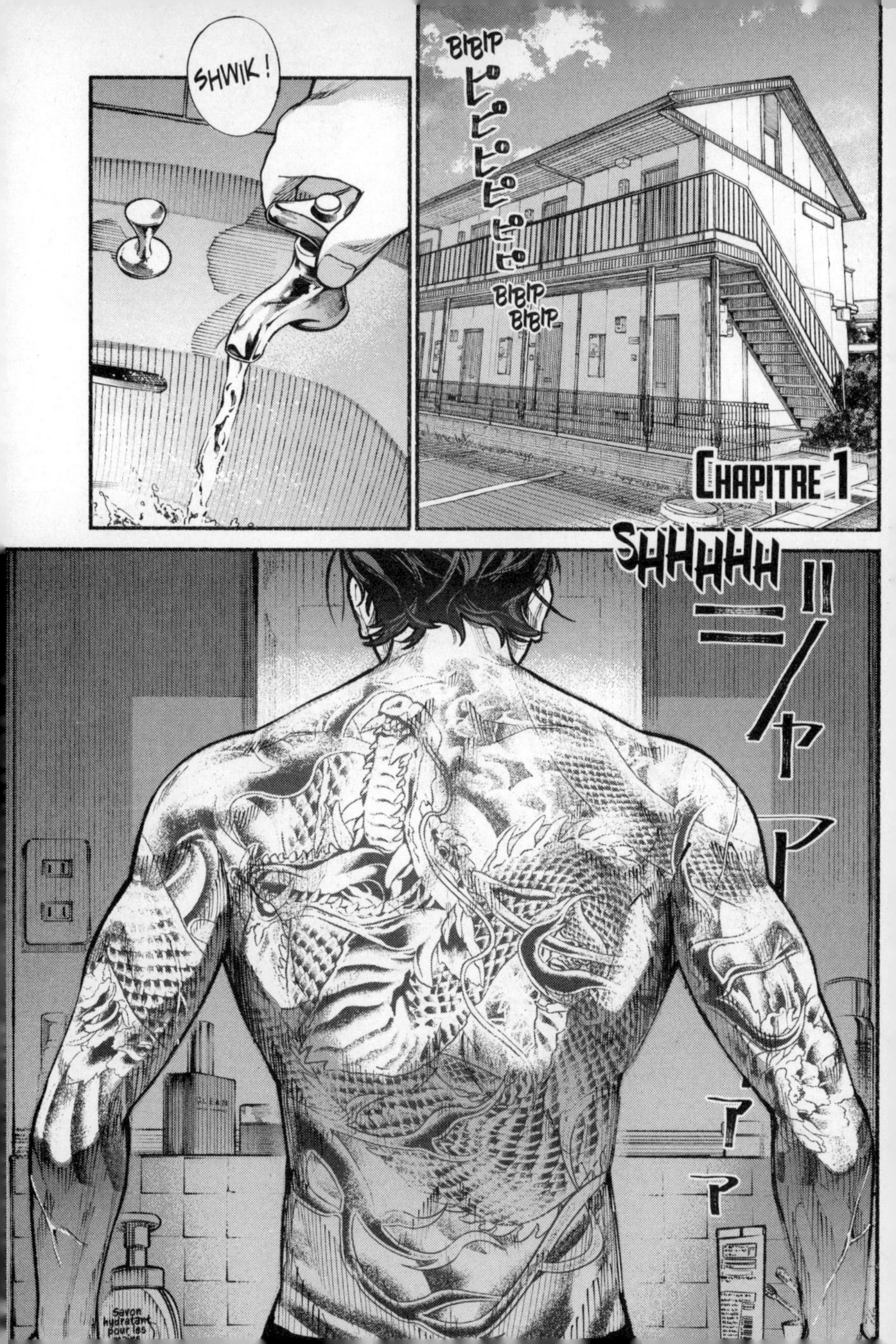
BIBIP
ピピピピピピ
BIBIP
BIBIP
CHAPITRE 1
SHWIK !
SHHHHH
ジャアアア
Savon hydratant pour les

FWUSH

FWA
GNIP
キュ
TCHAK
チャ
CLANK
カン
TIC
カッ
TIC
カッ
TIC
カッ
KSHHHHH
じゅうう

TAC
TAC
TAC
コトコトコト
FSUP
スッ
FSAT
カサッ

SHTOC
ドーン
CLAP CLAP
パン パン
BON ! ÇA N'A PAS L'AIR TROP MAL, TOUT ÇA.
POF
ス
KATCHAC
ピ
カシャ
ピ
カシャ
KATCHAC

FLAP
SDOM
!?
TAP
JE VAIS ÊTRE EN RETARD !!
QUOI ?
GLOU GLOU
TU PARS PLUS TÔT QUE D'HABITUDE.
J'AI OUBLIÉ QUE J'AVAIS UNE RÉUNION IMPORTANTE AUJOURD'HUI !
DASH
EXCUSE-MOI, TATSU, MAIS JE DOIS Y ALLER.
HÉ ! ET TON PETIT-DÉJ ?

À CE SOIR !
À...
...
UNE VRAIE FURIE, CELLE-LÀ...
ENFIN BREF...
JE DOIS FAIRE UNE LESSIVE...
... PUIS LES COURSES.
MIAOU !
AH, OUI ! JE DOIS PRÉPARER TON REPAS AUSSI.
AH !

カ
FWIP
ビ
ポ
TOC
キュ
WIF
BATAM

スッ
FWUT
TATAP
BATACLANK
GRAB
SHIBAINU

ELLE A OUBLIE SON BENTO !!
DAAASH

LIVRAISON POSSIBLE
Bouillon
Café
Bouillon 250 yens
POUVEZ-VOUS NOUS RÉPÉTER CE QUE VOUS FAITES DANS LA VIE ?

JE SUIS HOMME AU FOYER.
OH !!
J'Y... J'Y CROIS PAS !! VOUS...
TU ES TATSU L'IMMORTEL ?

ON RACONTE QU'UNE NUIT, IL S'EST POINTÉ AVEC UNE BARRE DE FER DANS LA PLANQUE D'UNE BANDE RIVALE ET QU'IL A FRACASSÉ LA TÊTE DE DIX TYPES À LUI TOUT SEUL ! C'EST UNE LÉGENDE PARMI LES YAKUZAS !!
TATSU L'IMMORTEL !!

J'AI ENTENDU DIRE QU'APRÈS, IL AVAIT SOUDAINEMENT DISPARU DE LA CIRCULATION SANS LAISSER DE TRACE...
FWOSH
!!
HE !!
PAS UN GESTE !
FLAP
ピラ
GROSSE PROMOTION
COUPONS DE RÉDUCTIONS
100
5% OFF
15% OFF
TENEZ, C'EST POUR VOUS...
FRIP !
BONNE JOURNÉE !
NON ! ATTENDEZ !

COUPONS DE RÉDUCTIONS
En utilisant chacun de ces trois coupons sur les trois prochaines semaines, vous obtiendrez 100 points sur votre carte de fidélité.
100 pt
Bon pour un article
15% OFF
Bon pour un article
15% OFF
Bon pour un article
15% OFF

LA VOIE DU TABLIER

CHAPITRE 2
ÇA VA ÊTRE UN JEU D'ENFANT !
JE VAIS VENDRE MA MARCHANDISE SANS PROBLÈME.
CES COUTEAUX BAS DE GAMME VONT LEUR COÛTER LES YEUX DE LA TÊTE.
TAKUMI
Petite taille
Taille moyenne
Grande taille
PRO-Takumi
Les meilleurs couteaux pour les pros
HU ! HU ! HU !
IL Y A DE NOMBREUX PIGEONS PARMI TOUS LES PETITS VIEUX QUI VIVENT ICI.
!

DRIIIING!
KACLAK
ガチャ
OUI ?
TOC
ガッ
ZWIP
ズイッ
NYARK
ニコッ
VEUILLEZ M'EXCUSER DE VOUS DÉRANGER ALORS QUE VOUS ÊTES SÛREMENT OCCUPÉ...
JE SUIS MAKOTO URITA.

ENCHAN...
SHIBAINU

OH... EUH... JE VOUS DÉRANGE, PEUT-ÊTRE ?
AH ! VOUS VOULEZ PARLER DE ÇA ? NON, CE N'EST RIEN.
J'ÉTAIS JUSTE EN TRAIN DE ME DÉBARRASSER D'UNE BRICOLE.
BATAM
どっしーん

JE SUIS UN PRO, MOI. RIEN NE PEUT M'IMPRESSIONNER.
EH BIEN... VOICI...
... LA GAMME DE PRODUITS QUE NOUS VENDONS.
TAKUMI
Taille moyenne
Grande taille
PRO-Takumi
OH ! VOUS VENDEZ DES LAMES...
ON... ON PEUT DIRE ÇA... OUI...
AVEZ-VOUS CES COUTEAUX SUR VOUS ?
HM ?

NOS COUTEAUX SONT FAÇONNÉS PAR DES ARTISANS COUTELIERS.
FWUSH
FWUSH
ILS SONT D'UNE RARE QUALITÉ PERFECTIBLE.
NOS COUTEAUX PEUVENT...
TAC TAC TAC TAC
... ABSOLU-LUMENT...
KSHING
FWUSH
QUE... QUE... QUELLE CLASSE !!
GRAB
... TOUT COUPER.

JE PEUX ESSAYER CE COUTEAU ?
FAI... FAITES DONC...
STAP
AU FAIT...
... J'AI ENTENDU DIRE QUE CES DERNIERS JOURS...
... UN PETIT MALIN ARNAQUAIT LES GENS DU QUARTIER...
... EN LEUR VENDANT DES COUTEAUX HORS DE PRIX QUI NE VALAIENT PAS UN CLOU.

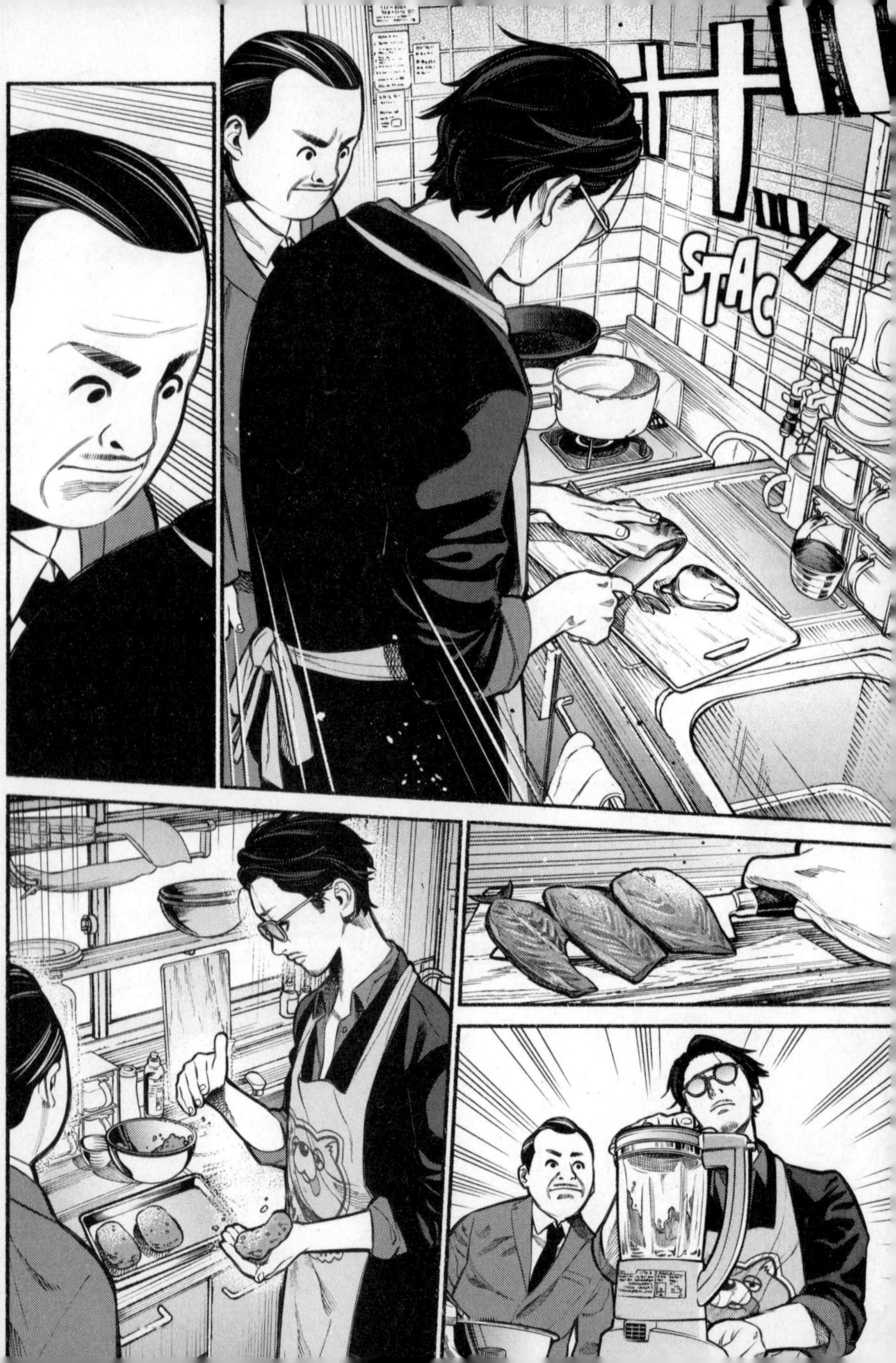
STAC

BIP !
FLOUR
SHIBAINU

ふわぁ
TADAM
VOILÀ !!
C'EST UN STEAK HACHÉ AVEC DIVERS ACCOMPAGNEMENTS.
ス
SUSH
MONCH
パク

CE PLAT EST D'UNE SIMPLICITÉ AFFLIGEANTE...
QUANT AU GOÛT DU RIZ AU KETCHUP, JE LE TROUVE UN POIL TROP PRONONCÉ.
À PREMIÈRE VUE, ÇA NE PAIE PAS DE MINE...
... MAIS GRÂCE AU SURIMI QU'IL A MÉLANGÉ À LA VIANDE, CE STEAK HACHÉ FOND DANS LA BOUCHE.
... MAIS IL ME RAPPELLE...
... LA CUISINE DE MA MÈRE.
スッ
CLING

COMMENT EN SUIS-JE ARRIVÉ À MANGER SON REPAS ?
ÇA N'A POURTANT RIEN À VOIR AVEC CE QUE J'ÉTAIS VENU FAIRE ICI.
EN FAIT, CE TYPE ME FOUT TROP LES JETONS.
JE FERAIS BIEN DE RENTRER CHEZ MOI.

Ces couteaux fabriqués avec beaucoup de soin sont aussi affûtés que des lames de rasoirs. Ils coupent absolument tout.
TAKUMI
Petite taille
Taille moyenne
Grande taille
PRO-Takumi
Les meilleurs couteaux pour les pros

LA VOIE DU TABLIER

*ANIKI : "GRAND FRÈRE".
CE TERME EST SOUVENT UTILISÉ PAR DES YAKUZAS POUR DÉSIGNER LEURS AÎNÉS.

SUSHIS, NOUILLES
Tomiichi
Two-Message
100 YENS LE CHOU ??
SHIBAINU
J'Y CROIS PAS !!
AH !
A... ANIKI !?
ALLEZ ! VENDU !!
100 yens

ON PEUT DIRE QUE VOUS N'ÊTES PAS TENDRE EN AFFAIRES.
PARDON ?
ANIKI !
C'EST TOI... MASA ?
AH ! VOICI MA CARTE DE FIDÉLITÉ !

* ESPACE RECYCLAGE / BOUTEILLES EN PLASTIQUE ET CANETTES.

ガッ TS
サッ
POURQUOi T'ES PARTi ?
TCHIC
ジ
ON VA AiLLEURS, T'ES D'ACCORD ?
FWUT
ゴクッ
...

ANG Cooking School
ALORS, AUJOURD'HUI, NOUS ALLONS APPRENDRE COMMENT CUISINER...
... DES CROQUETTES AU FROMAGE.
D'ABORD...
... NOUS ALLONS PELER LES POMMES DE TERRE...

OUAAH !!
CLAP CLAP
パチパチ
CLAP
パチ
CLAP
パチ
パチ
パチ
CLAP CLAP

RAAH !! J'Y CROIS PAS !!
QU'EST-CE QUE TU FOUS, BORDEL ??
FLAP
ET TOI, TU FAIS FRIRE DES CROQUETTES ??
T'ES DEVENU UNE GONZESSE OU QUOI ?
TOUT LE MONDE ATTEND LE RETOUR DE TATSU L'IMMORTEL !!
MASA...

BLAA ざわ
BLAA ざわ
J'AI RACCROCHE.
MAINTENANT, JE SUIS UN HOMME AU FOYER.
JE PROTÈGE MA FAMILLE À MA FAÇON.
LA VIOLENCE NE PEUT PAS NOUS AIDER À PROTÉGER CE QUI NOUS EST CHER.
スッ
GRAB

HA ! HA ! HA !
HA... HA ! HA !
VLAM
ARRÊTE DE ME CASSER LES OREILLES AVEC TES CONNERIES SUR LA VIOLENCE !!
TU ES DEVENU UN PACIFISTE DE MES DEUX, C'EST ÇA ??

BA

OH!
STOMP
SBIM
ATTENDS !
PLAF
T'ES...
PLAF
T'ES...
SBAM
T'ES TROP VIOLENT !!

LA VOIE DU TABLIER

JE CONNAIS MA CIBLE...
... L'HEURE ET L'ENDROIT...
IL NE ME RESTE PLUS QU'À ME LANCER.

CHAPITRE 4

ALORS COMME ÇA, TU AS APERÇU TATSU L'IMMORTEL ?
EN FAIT, C'EST UN DE MES POTES QUI L'A VU.
TU LE CONNAIS, ANIKI ?
JE LUI EN VEUX D'AVOIR DÉTRUIT NOTRE CLAN.
OUAIS.

JE CONNAIS PAS MAL DE TYPES PRÊTS À LUI FAIRE LA PEAU.
ENFIN, S'IL EST ENCORE...
PSHIIII
... VIVANT...

TiENS ?
TU FAiS PARTiE DES KUNiMi...

TATSU L'IMMORTEL !!!
SDOM
どっ
MERDE !
JE VAIS ÊTRE À LA BOURRE !!
HE ! PAS SI VITE !!
N'ESSAIE PAS DE NOUS ECHAPPER !!
JE VAIS TE BUTER !!

Kenkaya
IL COMPTE NOUS SEMER EN SE MÊLANT À LA FOULE DANS UN ENDROIT BONDÉ !!
FAIS LE TOUR PAR LÀ !
JE VAIS TE RATTRAPER !!
VA LÀ-BAS !
HEIN ?

BARGAIN
SOLDES
BARGAIN
SALE
GROSSES REMISES
MAX 90% OFF
PRENDS ÇA !!
QUOI ?
PRENDS ÇA AUSSI !!

BANDES D'INCAPABLES !
QU'EST-CE QUE VOUS FOUTIEZ À RESTER PLANTÉS LES BRAS CROISÉS ??
DU COUP, JE ME RETROUVE AVEC UN TEE-SHIRT...
... UNE PAIRE DE CHAUSSETTES ET DES GANTS.
À CAUSE DE VOUS DEUX, J'AI FOIRÉ MA CIBLE !!
VOUS AVEZ PEUT-ÊTRE CRU QUE ÇA ALLAIT ÊTRE UN JEU D'ENFANT...
... C'EST ÇA ??

IL EST FURAX.
LES SOLDES SONT UN VÉRITABLE CHAMP DE BATAILLE.
VOUS NE DEVEZ JAMAIS SOUS-ESTIMER LES MÉNAGÈRES.
LES MÉNAGÈRES ?

TCHAK
ARRÊTE TON BARATIN !!
TU NOUS PRENDS POUR DES ABRUTIS OU QUOI ?
ON SAIT QUI T'ES, ENFOIRÉ !!
ANIKI. LA SÉCURITÉ DE TON FLINGUE...
GRAB
SWIIP
OUH !

SDAM
AAH !!
AVEC L'HIVER QUI APPROCHE...
... IL NE VA PAS TARDER À FAIRE FROID.
DES... DES GANTS ?

TU SAIS, ON N'A PAS BEAUCOUP DE SOUS.
C'EST LA SEULE CHOSE QUE JE PUISSE T'ACHETER.
JE SUIS DÉSOLÉE, MON CHÉRI.
FAIS BIEN ATTENTION À NE PAS ATTRAPER FROID.
MAMAN !!
ザッ
STAP
EH, ANIKI !!

SMILE

LA VOIE DU TABLIER

MA FEMME EST DESIGNER.
ELLE EST BOSSEUSE ET PLEINE D'AMBITIONS.
CHAPITRE 5
animeland
book
goods
figure
ET COMME VOUS AVEZ PU LE CONSTATER...

"MA PETITE SOEUR FAIT DES TRUCS ÉTRANGES" ?
Ma petite sœur fait des trucs étranges
JE SUIS PAS SÛR DE BIEN PIGER...
UN YAKUZA ?
OTAKU
Informations spectacles
SHIBAINU
... JE SUIS UN HOMME AU FOYER.

TAP
コツ
TAP
コツ
BOBOM
ドキッ
OTAKU
ガシャ
VLA
NE PARLEZ PAS À VOIX HAUTE...
... ET NE CHERCHEZ PERSONNE DU REGARD.
!!

EST-CE QUE VOUS AVEZ...
... LE COFFRET BLU-RAY DE "CRIME CATCH POLICURE" ?
CRIME CATCH...?
OUI, NOUS EN AVONS ENCORE. MAIS QUELLE SAISON SOUHAITEZ-VOUS ? NOUS AVONS TROIS COFFRETS BLU-RAY SUSCEPTIBLES DE VOUS INTÉRESSER.
OTAKU
SI JE PEUX ME PERMETTRE DE VOUS DONNER UN PETIT CONSEIL, J'AI PARTICULIÈREMENT AIMÉ LA DEUXIÈME SAISON DE "CRIME
AH !
ET PENDANT
... MAIS
TRÈS MANGA À LA SÉRIE ET C'EST PLUTÔT RÉUSSI. DANS UNE CERTAINE MESURE, ON PEUT DIRE QUE CETTE NOUVELLE APPROCHE APPORTE BEAUCOUP D'ORIGINALITÉ À L'HISTOIRE.

PAF
OTAKU
KEUF !
J'AI L'OSEILLE.
FSAP
ALORS, DÉPÊCHEZ-VOUS D'APPORTER MA MARCHANDISE.
C'EST MOI QUI M'OC-CUPERAI DE L'EMBAL-LAGE.
EST-CE QUE VOUS POUVEZ ME FAIRE UNE CARTE DE FIDÉLITÉ ?
animeland
animeland

PLUS TARD DANS LA JOURNÉE...
CLOP
カン
カン
CLOP
PFF !
JE SUIS SUR LES ROTULES.
!!
OH!
PAF
パン
TU M'AS FAIT PEUR...
QUOI ?
HE !
PAF
パン
STAP
サッ
QU'EST-CE QUE TU FAIS ?
ピー
BIP
ピー
BIP

*HACHIMAN-DAIBOSATSU : DIEU SHINTO DE LA GUERRE ET PROTECTEUR DU JAPON ET DE SES HABITANTS.
**AMATERASU : DÉESSE SHINTO DU SOLEIL.
***KASUGA-DAIMYÔJIN : UNE ENTITÉ DIVINE QUI RASSEMBLE LES QUATRE DIEUX PROTECTEURS DES FUJIWARA, UNE ANCIENNE FAMILLE JAPONAISE.

LONGEVITÉ
LONGEVITÉ
HM...
HAPPY BIRTHDAY TO YOU !
HAPPY BIRTHDAY TO YOU !
HAPPY BIRTHDAY TO YOU...
HAPPY BIRTHDAY...
... TO YOUUU !
... MIKU !
Happy Birthday MIKU
POURQUOI FAIT-IL CETTE TÊTE ?

SHIBAINU
LONGÉV
HACHIMAN-DAIBOSATSU
DÉESSE AMATERASU
KASUGA-DAIMYÔJIN
LONGÉVITÉ
ÉVITÉ

POURQUOI FAIT-IL TOUT ÇA ?
JE TE PRIE...
... DE BIEN VOULOIR ACCEPTER CETTE MODESTE OFFRANDE.
HEIN ? UN CADEAU ?
LONGÉVITÉ
LONGÉVITÉ
LONGÉVITÉ
LONGÉVITÉ
JE PEUX L'OUVRIR ?
OH !! C'EST...
... POLICURE !!
Boîtier collector de la première édition
CRIME CATCH EMERGENCY POLICURE
Plein de bonus !
J'Y CROIS PAS !! TU ES ALLÉ ME L'ACHETER ?
OUAIS.

Hi ! Hi ! Merci.
Je suis très contente.
Euh... tu sais...
C'est vraiment très gentil de ta part.
J'apprécie vraiment ton geste...
... Mais j'ai déjà ce coffret Blu-ray.

FWASH
JE SUIS IMPARDONNABLE !
SHRING
パッ

LONGÉVITÉ

LA VOIE DU TABLIER

VRRRRB !
BIP !
ALLÔ ?
COMMENT ?
LA PRÉSIDENTE DU COMITÉ DE QUARTIER VA PASSER CHEZ MOI ?
À QUELLE HEURE ?
CHAPITRE 6

J'AI UNE TÂCHE À ACCOMPLIR...
... AVANT SON ARRIVÉE.

J'AI ACHETÉ UN SOUTIEN DE POIDS POUR CE GENRE DE CORVÉE...
... MAIS IL N'A PAS ENCORE FAIT SES PREUVES.
TIP
TU TE SENS CAPABLE DE RELEVER LE DÉFI ?
BIP
HM ?

Bwiiiiiin!

FWUUUSH
スイイイ
ZIP
スゥ
C'EST PAS MAL DU TOUT...

BIEN ! JE TE LAISSE T'OCCUPER DE CE TERRITOIRE.
T'AS INTÉRÊT À FAIRE LES COINS AUSSI !!
CE SONT DE VRAIS NIDS À POUSSIÈRE.
T'AS PAS INTÉRÊT À TE DÉBINER !!

POUR CE GENRE D'ENDROITS, IL FAUT ENROULER UN CHIFFON AUTOUR D'UN MANCHE.
ENSUITE, ON LE GLISSE DANS L'INTERSTICE EN FAISANT ATTENTION AUX CÂBLES...
N'OUBLIE PAS QUE SI TU ES ICI, C'EST UNIQUEMENT PARCE QUE TU ES UN CADEAU DE MARIAGE.
JE TE DIS TOUT DE SUITE QUE TU FERAIS MIEUX DE NE PAS TE PAYER LA TRONCHE D'UN HOMME AU FOYER OU TU VAS VITE LE REGRETTER...

MOI, JE SUIS UN PRO...
PAT
... ET JE PEUX FAIRE DISPA-RAITRE...
... N'IMPORTE QUELLES TRACES DE SANG...
... OU EMPREINTES DIGITALES.
LÀ OÙ JE PASSE, LES TACHES S'EFFACENT.
NON !!

VA LÀ-BAS !
MIAOU !
ウィイイーン
BWIIIN
SWIF !
MIAOU !!

DAASH

NOUS SOMMES PRESQUE ARRIVÉES.
J'AI HÂTE DE LE RENCONTRER.
Présidente du comité de quartier
C'EST ICI.
CLONG ! CLANG !
KACLONG !
!!
GNIII
ÇA VIENT DE L'APPARTEMENT DE M. TATSU !!
QUE SE PASSE-T-IL, MONSIEUR TATSU ?

BWiiiin!
GYAAAAAH!!!

QUE... QUE S'EST-IL PASSÉ ?
VOUS ALLEZ BIEN ?
PARDONNEZ-MOI, MESDAMES.
JE N'AI PAS PU MENER MA TÂCHE À BIEN.
OUI...
TOUT ÇA, C'EST À CAUSE DU PETIT NOUVEAU...
... QUI N'EN FAIT QU'À SA TÊTE.
BIP !

PSHHH
シャッ

LA VOIE DU TABLIER

Chapitre 7
Eh bien, voilà...
... l'association de parents d'élèves vient de me demander un petit service...
... alors, j'aimerais savoir si vous pouviez vous occuper un peu de mon petit Ryôta.
Bien sûr. Aucun problème.
C'est vrai ? Vous m'ôtez une épine du pied.
Sois bien sage avec le monsieur, Ryôta.
Shibainu
Oh ! C'est le monsieur qui fait peur !

ALORS, MON PETIT RYÔTA...
TU VEUX JOUER À QUOI ?

MERCI POUR TOUT. AU REVOIR.
HM ?
HE, PAS SI VITE !
GLOUP
ビクッ
TU VEUX UN GOÛTER ?

JE VIENS DE FAIRE CUIRE DES BISCUITS.
C'EST VOUS QUI LES AVEZ FAITS ?
CROC !
C'EST TROP BON !
QUELLE BONNE IDÉE J'AI EUE, D'AVOIR FAIT CES BISCUITS !

OH !
VOUS AVEZ DES JEUX ?
OH ! ÇA A L'AIR DE TE PLAIRE...
OUI ! VOUS SAVEZ...
... JE SUIS IMBATTABLE À "MARIO KART".
BON !
TU VEUX FAIRE UN JEU ?

TÔC
PAIR OU IMPAIR ?

TAP
CELLE-LÀ !!
KACLONG
BRELAN !
TAC
J'AI UNE SUITE !
C'EST PAS DRÔLE !!!

J'IMAGINE QU'IL AURAIT PRÉFÉRÉ RESTER AVEC SA MÈRE.
HM...
SHIBAINU
AH !!
C'EST LA FIGURINE DE COBALT POLICE DU DESSIN ANIMÉ "CRIME CATCH POLICURE" !!
GRAB
ス
!!

OUAAAIS !!
FWIP
AH !
SBATAM
CRAC !
OH !!
!!
ÇA VA ?
SHIBAINU

TU NE T'ES PAS FAIT MAL ?
JE... JE SUIS VRAIMENT DÉSOLÉ...
JE L'AI CASSÉE ...
OH NON !
C'EST LA FIGURINE DE POLICURE TRUC BIDULE...
... À LAQUELLE MIKU TIENT COMME À LA PRUNELLE DE SES YEUX !!
SHIBA
ALLEZ !!
REPRENDS-TOI !!
TU ES L'HÉROÏNE DE POLICURE OU PAS ??

QUE... QU'EST-CE QU'ON VA FAIRE ?
...
T'EN FAIS PAS, PETIT.
LAISSE LE NETTOYEUR SE CHARGER DE ÇA.
L'ERREUR EST HUMAINE.
FWUT
MAIS LE PLUS IMPORTANT, C'EST DE SAVOIR...
... COMMENT SE SORTIR DU PÉTRIN APRÈS AVOIR COMMIS UNE GAFFE.
FLIP
CLANG
CLANG

SHRAAT
MON PARRAIN M'A TOUJOURS DIT...
TSAP
TSAP
FOUP

... QUE JE DEVAIS ENFOUIR MES ERREURS...
... À SIX PIEDS SOUS TERRE.
PFIU !
PIGE ?
HEIN ?

FWIP
SDAM
OH ! QU'EST-CE QUE VOUS FAITES ICI TOUS LES DEUX ?

COLLE MARON
MALPHA
Colle tout en quelques secondes !

LA VOIE DU TABLIER

Chapitre 8
ドー PAF
HE !
ÇA TE BOUCHERAIT LE TROU DE BALLE, DE REGARDER OÙ TU VAS ?

ZWUP
MeatBall
Tous
Images
Conseils baston contre plusieurs typ
Type
Types
Typographie
DEUX SECONDES, JE SUIS EN TRAIN DE CHERCHER UN TRUC SUR LE NET.

OH ! DU CALME, J'AI DIT !
BORDEL ! J'AI PAS DE RÉSEAU...
ALLEZ, ON SE DÉTEND, LES GARS.
HM...
TAP
TAP
C'EST À LA PORTÉE DE N'IMPORTE QUEL DÉBUTANT.
L'ÉTAPE LA PLUS IMPORTANTE EST LA CONCEPTION DU DESSIN TECHNIQUE DE L'OBJET QU'ON VEUT FABRIQUER...

TOUS LES OBJETS PRÉSENTÉS DANS NOTRE LIVRE "DO IT YOURSELF" SONT TRÈS FACILES À CONSTRUIRE POUR LES HOMMES AU FOYER SANS EXPÉRIENCE.
"DO IT YOURSELF" ?

AH !
ANIKI !
POF
HEIN ? AH ! MASA...
HA ! HA ! BANDE DE TOCARDS !
VOUS ÊTES TOUS MORTS !!
VAS-Y, DÉFONCE-LES, TATSU !!
SBAF
BWOUF !
HEIN ?

HI
GRAB
C'EST TOI QUI T'ES MIS DANS LE PÉTRIN, PAS VRAI ?
ALORS, DÉMERDE-TOI TOUT SEUL !
DO IT YOURSELF !!
A... ANIKI...
DOU WIT...? JE PIGE PAS L'ANGLAIS, MOI !

C'EST TATSU L'IMMORTEL.
LE CLAN DES TENDÔ NOUS A ORDONNÉ DE NE PAS NOUS EMBROUILLER AVEC LUI.
C'EST BON ! J'AI PIGÉ !
ON SE TIRE, LES GARS.
COMME C'EST INTÉRESSANT...
!!
SHIBAINU
BAH ALORS, LES PISSEUSES ? ON SE DÉBINE ?

EXCUSE-MOI...
T'AS DIT UN TRUC ?
GRAB !

ANIKI !
CRAC
COMME JE M'EN DOUTAIS...
... CE BOIS, C'EST DU SOLIDE.
JE VAIS POUVOIR FABRIQUER UNE CHAISE AVEC. HU ! HU !

TSS !
SHTAC
TE FOUS PAS DE MOI, BORDEL !!

AVANT D'UTILISER DES OBJETS TRANCHANTS POUR COUPER DU BOIS...
SHIB
... IL FAUT BIEN VÉRIFIER QU'IL N'Y A PERSONNE AUTOUR DE NOUS !!
DO IT YOURSELF
MANUEL DE BRICOLAGE
POUR LES HOMMES AU FOYER

!!
HEIN ?
BOSS ?
HM !
VOUS AVEZ EU DE LA CHANCE !
ÇA SUFFIT.
GLOUP !
C'EST ÇA, UN HOMME AU FOYER ?

JE VOIS AUCUNE DIFFÉRENCE ENTRE ÇA ET UN YAKUZA...
AH !!
EN FAIT, IL EST PEUT-ÊTRE...
SHIBAINU
... LES DEUX À LA FOIS !!
LA VOIE DU YAKUZA SERAIT DONC LIÉE À CELLE DE L'HOMME AU FOYER ??
ANIKI ! JE VEUX QUE TU M'APPRENNES PLEIN DE TRUCS !!
TOI AUSSI, TU T'INTÉRESSES AU BRICOLAGE ?
JE VEUX RESTER AVEC TOI.
HEIN ?

ギコ ギコ ギコ
CLONK CLONK CLONK
CLONK
カン カン カン
CLANG
CLANG CLANG
NYARK
ニタァ
ON L'A FINIE !
HU ! HU ! HU !
CETTE CHAISE EST TRÈS JOLIE.

ELLE EST UN PEU TROP PETITE.

LA VOIE DU TABLIER

EEON MALL
CHAPITRE 9
R&F
RUSH
FoodMarket
S'CUSEZ-MOI !

OÙ PEUT-ON TROUVER...
... DE LA POUDRE BLANCHE ICI ?
SHIBAINU
NOUS NE VENDONS PAS CE GENRE DE PRODUIT.
AH ! EXCUSEZ-LE. JE CROIS QU'IL VOULAIT VOUS DEMANDER OÙ SE TROUVAIT LA FARINE.

C'EST TOUJOURS MIEUX D'AVOIR UNE OU DEUX BOUTEILLES D'AVANCE.
ON A ENCORE DU COCA À LA MAISON.
C'EST VRAI, QUOI ! CE SUPER-MARCHE EST GIGAN-TESQUE.
HM ?
GRAB...
ZIP...
NON ! T'EN BOIS TROP.
HE ! QU'EST-CE QUI TE PREND ?

JEUX VIDÉO
FIGURINES
NON.
NON.
NON.
T'ES PAS DRÔLE !
ON PEUT BIEN SE FAIRE UN PETIT PLAISIR DE TEMPS EN TEMPS !!
TU M'ÉNERVES, AVEC TA BARBE DE TROIS JOURS...
... ET TES LUNETTES DE SOLEIL !!

SI TU CONTINUES À TE COMPORTER COMME UNE SALE GAMINE...
... JE NE T'ACHÈTERAI PLUS JAMAIS DE JEUX VIDÉO !!
PSST... PSST...
OH, NON ! REGARDE ! UN YAKUZA...
!
IL EST EN TRAIN DE S'EN PRENDRE À UNE FEMME... IL ME FAIT PEUR.
HEIN ?
VIENS, TATSU !
QU'EST-CE QU'IL Y A ?

CANAPÉ
SOLDE
ALORS COMME ÇA...
... JE FAIS PEUR AUX GENS ?
TU TE FAIS DES IDÉES.
JE T'ASSURE QUE C'EST VRAI.

ミドリスポーツ*
CROCK
JE M'ENTENDS BIEN AVEC TOUT LE MONDE DANS LE QUARTIER.
NOS VOISINS ME TROUVENT MÊME DRÔLE.
HM...
SHIBAINU
TES ACCUSATIONS NE SONT PAS FONDÉES.
EST-CE QUE JE PEUX VOUS AIDER ?
OUBLIEZ-MOI, JE N'AI RIEN DIT...
TU VOIS ?

* SPORT SHOP.

C'EST PEUT-ÊTRE À CAUSE DE TES VÊTEMENTS.
MES FRINGUES ?
OUI, TON STYLE VESTIMENTAIRE TE DONNE UN AIR AUTORITAIRE.
PUISQUE NOUS SOMMES DANS UN CENTRE COMMERCIAL...
... AUTANT EN PROFITER POUR TE PRENDRE QUELQUES VÊTEMENTS.
DES FRINGUES ?

HM...
JE VOIS.
PUGFY
D'ACCORD.

J'EN AI ASSEZ VU !
QUELLE QUE SOIT TA TENUE, C'EST DU PAREIL AU MÊME !
HE, TU ENTENDS CE QUE JE TE DIS ?
OUAIS.
TU SAIS, JE CROIS QU'UN HOMME AU FOYER…
… DOIT AVOIR L'AIR UN PEU PLUS DOUX.
TU VOIS CE QUE JE VEUX DIRE ?
ET ELLE OSE ME DIRE QUE JE SUIS AUTORITAIRE ??

JE SUIS CELUI QU'ON SURNOMME "TATSU L'IMMORTEL". J'AI FRÉQUENTÉ LES ENDROITS LES PLUS DANGEREUX QUI EXISTENT DANS CETTE VILLE.
ET ELLE ME DEMANDE D'AVOIR L'AIR PLUS DOUX ?
PFF !
SHIBAINU
!!
OH, OUAIS !!

... C'EST VRAI QUE DEPUIS NOTRE PREMIÈRE RENCONTRE...
D'UN AUTRE CÔTÉ...
... IL S'EST QUAND MÊME ASSAGI.
OH !

POLI
CURE

UN TABLIER POLICURE !!
IL EST SYMPA, PAS VRAI ?
T'ES TROP MIGNON AVEC ÇA !!
DIS "AU NOM DE LA JUSTICE, JE VAIS TE LIGOTER" !
AU NOM DE LA JUSTICE... EUH... C'ÉTAIT QUOI, LA SUITE ?
TU DOIS D'ABORD PRENDRE LA POSE.
REGARDE, MAMAN.
CES DEUX-LÀ SONT VRAIMENT BIZARRES.
LA VOIE DU TABLIER
FIN DU VOLUME 1

PUGFY

LA VOIE DU TABLIER

Chapitre Bonus ① - La promenade de Gin

BOING
KACLAC
VRAAM
VRAAM
カラ
カラ
TOC
TOC

IL N'ARRÊTE PAS DE NOUS MATER !
VOUS MANGEZ DES SAUTERELLES ?
BAH OUAIS, POURQUOI ?
HÉ ! VENEZ VOIR UN PEU PAR LÀ.
NON, SANS FAÇON.
TU VEUX JOUER AVEC MOI ?
NON.
SH----!
PARDON !

CETTE MAISON EST VACHEMENT GRANDE.

ÉLISABETH
HÉ !
QU'EST-CE QUI T'EST ARRIVÉ ?
OH ! MAIS TU ES UNE FEMELLE...
ÇA NE TE REGARDE PAS.
LAISSE-MOI TRANQUILLE.

TU ES SÛRE QUE ÇA VA ?
COMMENT T'AS FAIT TON COMPTE ?
JE N'EN SAIS RIEN.
TOUT CE QUE JE PEUX DIRE...
... C'EST QUE JE NE PEUX PLUS FAIRE UN PAS DE PLUS.
DIRE QUE TOUT À L'HEURE, JE M'AMUSAIS À SUIVRE DES PAPILLONS.
DES PAPILLONS ?
EN FAIT, TU AS ENROULÉ TA LAISSE AUTOUR DE TA NICHE.
AH BON ?
OUI, ET TU DOIS REVENIR SUR TES PAS POUR LA DÉMÊLER.
ÉLISABETH

ÉLISABETH
AH LÀ LÀ !
JE CROIS QUE JE SUIS COINCÉE.
...
ÉLISABETH
ELLE S'APPELLE ÉLISABETH...
QU'EST-CE QUI TE PREND ? TU TE MOQUES DE MOI, C'EST ÇA ?
ARRÊTE DE RIRE !

BON !
BAH, JE CROIS QU'IL NE ME RESTE PLUS QU'À RENTRER CHEZ MOI.
QUOI ?
NON !! ATTENDS !!

Élisabeth Kunimi (5 ans)

LA VOIE DU TABLIER

CHAPITRE BONUS ② - LA MOTIVATION DE MASA

MA PREMIÈRE MISSION DE LA JOURNÉE...
... CONSISTE À PRÉPARER UN BENTO.
... EST MÊLÉE À CELLE DE L'HOMME AU FOYER.
ANIKI... JE VAIS ME SURPASSER.

カッ
tac
スッ
SWIF
...
パカ
KACLAC
パタン
VLAM
そっ
STAP

Y A RIEN DANS LE FRIGO.
JE SUIS PAS MOTIVÉ POUR FAIRE LES COURSES.
ZZZZ
AH !!
!!

16:13
Glisser pour déverrouiller
SEIZE... SEIZE HEURES ?
DÉJÀ... SEIZE HEURES ?
MERDE, JE ME SUIS ENDORMI !!
JE DOIS ME DÉPÊCHER...
... D'ALLER FAIRE LES COURSES !!
EN MÊME TEMPS, JE ME SUIS LEVÉ À MIDI...
ANIKI...
BON, BAH, ON VERRA ÇA... DEMAIN.

LA VOIE DU TABLIER

CHAPITRE BONUS ③ - C'EST PARTI !

* GASHAPON : UNE MACHINE À PIÈCES QUI DISTRIBUE DES JOUETS (ÉGALEMENT APPELÉS "GASHAPON") ENFERMÉS DANS DES CAPSULES.

JE LE SAVAIS ! COMME CE MAGASIN SE SITUE DANS UN COIN PAUMÉ…
… J'AI DE GRANDES CHANCES D'OBTENIR LE GASHAPON SECRET DE CE DISTRIBUTEUR.
HÉ ! J'ÉTAIS LÀ AVANT VOUS.
EN EFFET…
DE GASHAPON NE COMPORTE QUE DES PERSONNAGES POPULAIRES, CE QUI EXPLIQUE POURQUOI TOUS LES FANS SE PRÉCIPITENT DESSUS. LE SEUL ESPOIR D'OBTENIR E GASHAPON SECRET DE CETTE SÉRIE EST DE TROUVER UN DISTRIBUTEUR DANS UN ENDROIT PEU
SHLIING
DE PLUS VU LES DÉTAILS PRÉSENTS SUR CES FIGURINES, ON PEUT AUSSI METTRE EN AVANT L'EXCELLENT RAPPORT QUALITÉ PRIX DE CES

IL NE RESTE PLUS QU'À SAVOIR SI LA DÉESSE DE LA CHANCE… VA ME SOURIRE.
ALLEZ !!
GROOO
C'EST PARTI !!
TCHAK
C'EST QUOI, ÇA ?
MISSILEMAN, UN ENNEMI TOUT CE QU'IL Y A DE PLUS ORDINAIRE. C'EST LA FIGURINE LA PLUS COURANTE DE CETTE SÉRIE.
CLING
MAIS IL ME RESTE ENCORE DES MUNITIONS !!

かぽ TCHAK
LA RÉPARTITION DES FIGURINES EST À PEU PRÈS LA MÊME DANS TOUS LES DISTRIBUTEURS.
TCHAK かぽ
NORMALEMENT, SUR CINQUANTE ESSAIS...
TCHAK かぽ
... JE DEVRAIS AVOIR ENVIRON CINQ CHANCES D'OBTENIR LE GASHAPON SECRET.
BREF, IL FAUDRAIT QUE JE TENTE MA CHANCE ENCORE UNE DIZAINE DE FOIS.

MERCI D'AVOIR LU CE PREMIER VOLUME JUSQU'AU BOUT. À BIENTÔT DANS LE VOLUME 2 !

SPECIAL THANKS - KIMURA . HIROE . SOEN

Ce manga est publié dans son sens
de lecture originale, de droite à gauche.

Ici, vous êtes donc à la fin.

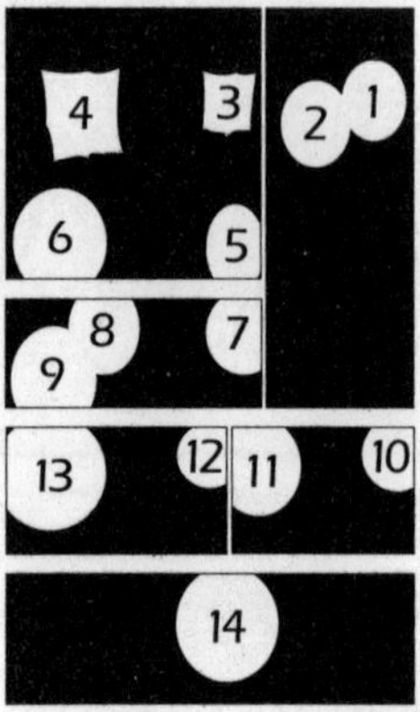

GOKUSHUFUDO volume 1

7, avenue P-H Spaak - 1060 Bruxelles
3e édition

Achevé d'imprimer en décembre 2019 • Dépôt légal : juillet 2019
d/2019/0086/142 • ISBN 978-2-5050-7669-8

Traduit et adapté en français par Rodolphe Gicquel
Conception graphique : Aude Charlier
Adaptation graphique : Eric Montésinos

Imprimé en Italie par Grafica Veneta Spa,
Via Malcanton 2, 35010 Trebaseleghe (Pd)